The Adventures of Giulia:
The Girl with a Magical Unicorn

Le Avventure di Giulia:
La Bimba con un Magico Unicorno

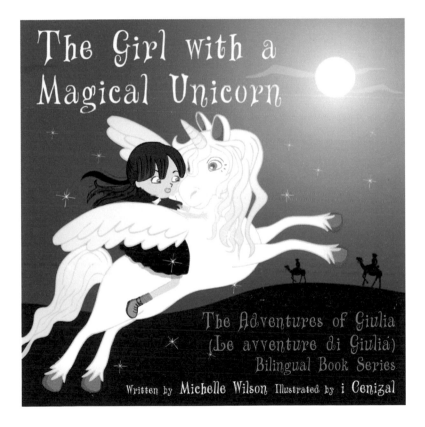

D0043696

Dedicated to my father

Dedicato a mio padre

The Girl with a Magical Unicorn
La Bimba con un Magico Unicorno

Once upon a time there lived a girl named Giulia who longed for adventure. She lived with her mother in a small house in a small town in Mississippi. She was a skinny girl, with long dark hair, green eyes, just 8 years old, but with a wonderful sense of adventure, and never afraid.

C'era una volta una bimba di nome Giulia che adorava le avventure. Giulia viveva con la sua mamma in una piccola casa in Mississippi. Era una bambina snella, dai lunghi capelli neri e gli occhi verdi. Aveva solo 8 anni ma un meraviglioso senso dell'avventura e non aveva mai paura di nulla.

A Special Gift – Un Regalo Speciale

Every day, after school, she visited her neighbor, Mr. Williams, brought in his mail and read it to him (Mr. Williams was blind.) One day, as a special reward for her kindness, Mr. Williams gave her a very special necklace.

Ogni giorno dopo scuola, andava a trovare il suo vicino, il Signor Williams. Gli portava la posta e gliela leggeva. (Il signor Williams era cieco) Un giorno, come premio per la sua gentilezza, il Signor Williams le regaló una collana speciale.

Giulia ran home and told her mother about the necklace, "Mother, look at the beautiful necklace that Mr. Williams gave me!"

Her mother thought it was precious and replied, "I hope you didn't forget to say thank you."

"Of course I did," said Giulia laughing, and went up to her room.

Giulia corse a casa e raccontó alla sua mamma della collana: "Mamma guarda che bella collana mi ha regalato il Sig. Williams!"

La mamma pensó che fosse preziosa e le disse: "Spero che non ti sia dimenticata di dire grazie."

"Certo che l'ho fatto," disse Giulia ridendo, mentre andava nella sua camera.

Giulia's Friend – L'Amico di Giulia

That night, Giulia was sitting on her bed with her most wonderful favorite stuffed animal the unicorn, Sparkle, and said, "Oh how I wish I could go explore the forest."

Quella sera, mentre Giulia era seduta nel suo letto con il suo peluche preferito, un unicorno di nome Sparkle, pensó: "Come vorrei poter visitare la foresta."

All of a sudden, Sparkle's wings began to flutter and her unicorn began to grow larger and larger. Finally, Sparkle said, "Hop on my back and I'll take you there." Giulia was surprised, but never afraid, so she jumped on the unicorn's back.

All'improvviso le ali di Sparkle cominciarono a sbattere e l'unicorno incominció a diventare grande, sempre piú grande, e finalmente Sparkle disse: "Monta su di me e ti ci porteró." Giulia era sorpresa, ma senza paura, salí a cavallo dell'unicorno.

Giulia and Sparkle flew out the window and into a beautiful, magical forest. The trees were decorated with bows, ribbons and jewels. They looked very pretty. After a few minutes in the forest, they came to a clearing, but with a dark and gloomy cottage, with spider webs on the windows and snakes on the roof.

Giulia e Sparkle volarono fuori dalla finestra verso una bella foresta incantata. Gli alberi erano decorati con fiocchi, nastri e gioielli. Erano bellissimi. Dopo pochi minuti trascorsi nella foresta, arrivarono ad una radura. Lí si trovava una buia e strana casetta con ragnatele alle finestre e serpenti sul tetto.

The Adventure Begins –
L'avventura Incomincia

Giulia heard someone calling her name, and it seemed to be coming from inside the cottage. "Giulia. Giulia. Giulia." Never afraid, Giulia decided to go into the cottage.

Giulia sentí qualcuno che la chiamava, la voce sembrava provenire dall'interno della casetta. "Giulia, Giulia, Giulia." Cosí, sempre senza paura, Giulia decise di entrare.

She opened the door, carefully, but immediately fell into a hole! Down, down, down. Sliding down the tunnel until she fell onto a witch's head! The witch was so mad that she locked Giulia into a tall tower with only one window.

Pian piano aprí la porta ma dopo pochi passi cadde in un buco, giú sempre piú giú. Scivoló per un tunnel finché non atterró sulla testa di una strega. La strega era cosi arrabbiata che rinchiuse Giulia in un'alta torre con una sola finestra.

Escaping – La Fuga

To escape, Giulia tied her bedsheets together and climbed out the window. Unfortunately, her bedsheets were too short, but when she tried to climb back up, her hands slipped and she fell. Giulia cried out for Sparkle her unicorn. All of a sudden, her necklace began to glow and out of nowhere, Sparkle arrived in a big *whoosh* and caught Giulia just before she hit the ground!

Per scappare, Giulia annodó le lenzuola e scese giú dalla finestra. Sfortunatamente le lenzuola erano troppo corte e quando tentó di ritornare sú, scivoló giú di nuovo. Giulia chiamó l'unicorno, Sparkle. All'improvviso la sua collana comincio a brillare e Sparkle comparve in un grande *whoosh*, e prese Giulia appena in tempo prima che precipitasse a terra.

The Bedouin – I Beduini

Sparkle and Giulia flew away to a hot, hot desert. When Giulia got off her unicorn, she asked Sparkle, "Why did you bring me here?" But… Sparkle was gone. And Giulia was all alone in the desert.

Over the sand dunes came the thundering hooves of camels and men all dressed in blue cloth. Never afraid, Giulia walked up to meet them. The men in the blue cloth introduced themselves as the Bedouin.

Sparkle e Giulia volarono via ed arrivarono in un caldo caldo deserto. Quando Giulia scese dall'unicorno gli domandó: " Perché mi hai portato quà? " Ma Sparkle era già sparito e Giulia era sola nel deserto.

Tra le dune di sabbia arrivó un'orda di cammelli e uomini vestiti di blu. Sempre senza paura, Giulia andó ad incontrarli. L'uomo vestito di blu disse di essere un beduino.

The Bedouin are the nomads of the Sahara desert in North Africa. They have their own language, with particular dances and poetry. Because of the intense heat, they often travel at night and are experts in guiding their path using the stars.

I beduini sono nomadi del Sahara, un deserto nel nord Africa. Parlano la loro lingua e hanno delle danze e poesie particolari. Siccome fa molto caldo, viaggiano di notte e sono esperti nel trovare la strada seguendo le stelle.

The Bedouin let Giulia ride on a camel and took her to an oasis. They gave Giulia water and told her stories of their lives in the desert.

Il beduino lasció Giulia montare sul suo cammello e la portó in un'oasi. Gli diede dell'acqua e le raccontó storie sulla vita nel deserto.

"We dress in blue because the color does not let the sun penetrate to our skin. In addition, we wrap ourselves in several layers of cloth. This protects us from the wind, sun and sand."

"Ci vestiamo di blu perché questo colore non lascia penetrare il sole nella nostra pelle. In piú ci avvolgiamo in parecchi veli di stoffa per proteggerci dal vento, sole e sabbia."

In her honor, the Bedouin prepared a traditional feast for Giulia, featuring barbecued goat, rice with herbs and spices, and cheeses and dates, all served magnificently under the stars in the desert. Giulia had never seen so many stars. She fell asleep dreaming of the stars and her next adventures.

When she awoke, the Bedouin were gone.

In suo onore il beduino preparó a Giulia un pranzo tradizionale: un barbecue di pecora, riso, con erbe spezie, formaggi e datteri, tutto servito alla perfezione sotto le stelle del deserto. Giulia non aveva mai visto cosí tante stelle. Si addormentó sognando le stelle e la sua prossima avventura.

Quando si sveglió, i beduini erano andati via.

The Eskimo – Gli Esquimesi

Giulia touched her necklace and wished that her friend Sparkle would come. Then Sparkle appeared and asked her if she's ready for her next adventure.

Giulia toccó la sua collana sperando che il suo amico Spakle apparisse. Sparkle apparí e le domandó se era pronta per la prossima avventura.

Giulia said, "Yes" and Sparkle brought her to a cold, cold place with snow and igloos all around. When Giulia got off her unicorn, she turned around to ask Sparkle where she was, but Sparkle was already gone.

Giulia disse "Si" e Sparkle la portó in un posto freddo freddo con neve ed iglú dappertutto. Quando Giulia scese dal suo unicorno si voltó per chiedergli dove erano arrivati, ma Sparke era già sparito.

Giulia went up to one of the igloos and, never afraid, went inside. In the igloo, Giulia met a family of Eskimos.

"Where am I?" asked Giulia.

Giulia si avvicinó ad un iglú, e, sempre senza paura, ci entró dentro. All'interno dell' iglú, incontró una famiglia di esquimesi.

"Dove sono?" Domandó.

"You're in Alaska," replied one of the Eskimo children, and introduced herself as Kyra. Kyra told Giulia that she should get warm, because even though they were inside an igloo, it's still very cold. Kyra gave Giulia an extra coat and a blanket. "Thank you," said Giulia.

"Sei in Alaska," le rispose una bambina esquimese che si presentó con il nome di Kyra. Kyra disse a Giulia che faceva meglio a coprirsi perché, anche se erano dentro ad un inglú, faceva comunque freddo. Kyra diede a Giulia un cappotto ed una coperta. "Grazie," disse Giulia.

After a bit, Kyra asked Giulia, "Do you want to go out to see my dogs?"

Giulia eagerly said, "Yes!" and out they went.

Giulia had never seen such soft, furry dogs.

"How do the dogs survive in such cold weather?" asked Giulia.

Dopo un po' Kyra domandó a Giulia: "Vuoi venire a vedere i miei cani?"

Giulia entusiasta, disse subito "Si!" ed andarono. Giulia non aveva mai visto dei cani con cosí tanto pelo e cosí soffici.

"Come fanno a sopravvivere con questo freddo?"

Kyra explained that the Alaskan Malamutes have such long, thick fur that keeps them warm through the winter. And when they're resting, they often huddle together to keep warm.

Kyra le spiegó che gli Alaskan Malamutes hanno un pelo lungo e fitto che li tiene caldi durante l'inverno. E quando riposano, si mettono vicini per tenersi caldi.

"Do you want to take the dogs for a run?" asked Kyra.

Never afraid, Giulia said, "OK, let's go!"

"Vuoi portare i cani a correre?" Domandó Kyra.

Sempre senza paura, Giulia disse "Ok, andiamo!"

Kyra showed Giulia how to attach the dogs to the sled. Giulia was a little worried that the dogs were too small to pull the sled, but Kyra explained that they are very strong and love to pull!

Kyra mostró a Giulia come attaccare i cani alla slitta. Giulia era un po' preoccupata che i cani fossero troppo piccoli per tirare la slitta, ma Kyra le spiegó che i Malamute sono molto forti e amano tirare!

And they're off, running fast through the snow, faster and faster, until Giulia fell off the sled deep into the snow. By miracle, Sparkle appeared, dug her out of the snow, and flew her off into the sky!

E cosí partirono correndo forte tra la neve, sempre piú veloci finché Giulia cadde dalla slitta nelle neve profonda. Per miracolo apparve Sparkle che la portó fuori. Via, volarono verso il cielo.

A Too Big City – Una Città Troppo Grande

"Sparkle, this time let's go to a nice safe city. I don't feel like going on another big adventure," said Giulia.

Whoosh and Giulia found herself in Mexico City. Uh oh. Giulia couldn't understand a word anyone was saying.

"Sparkle possiamo andare in un posto piú normale? Non mi va di avere ancora un'avventura" disse Giulia.

Whoosh, e Giulia si ritrovó a Citta del Messico. Oh oh.. Giulia non capiva una parola di quello che la gente diceva.

"¿Hola querida, todo bien? Que pasó?" asked a short jolly man with a big sombrero.

Never afraid, Giulia had no idea what the nice man was saying, but asked, "Could you please repeat that?"

"Hola Querida, todo bien?" Que pasó? Domandó un piccolo signore dal sombrero grande.

Giulia era sempre senza paura, ma non aveva idea di quello che il signore le stava dicendo: "Per favore puó ripetere?"

"Oh, you don't speak Spanish, do you?" replied the man, "Are you OK? What's going on?"

The man's daughter ran out and said, "Hi, I'm Ana. What's your name?"

"My name is Giulia. I just got here."

Ana said, "Would you like me to show you around?" "Sure, let's go!" replied Giulia.

"Ah, tu non parli spagnolo vero?" disse il signore. "Stai bene? Che ti succede?" Una bambina, la figlia del signore, corse fuori e disse: "Ciao, sono Ana, qual'é il tuo nome?"

"Il mio nome é Giulia, sono appena arrivata."

Ana disse: "Vuoi che ti porti un po'in giro?" "Certo!"

Ana brought Giulia around the neighborhood. It was beautiful, but very crowded with too many people, too many tall buildings, too many cars and lots of pollution. She wasn't afraid, but thought, "It's time to go home."

Ana portó Giulia in giro per il vicinato. Era bello ma con tanta gente, troppi grandi edifici, troppe macchine e troppo inquinamento. Sempre senza paura, Giulia pensó che era tempo di tornare a casa.

It's Time To Go Back – Tempo di Ritornare

Giulia ran to a corner, touched her necklace and wished for Sparkle to appear. Sparkle flew her back to her bedroom and to Giulia's surprise, Sparkle shrank back down to a stuffed animal.

Giulia's mom called out, "Giulia, it's time for dinner. Wash your hands and come to the table."

Giulia washed up and raced down to the table.

As they were eating dinner, Giulia asked her parents, "What do you know about the Bedouin...?"

Giulia corse in un angolo, toccó la sua collana e desideró che Sparkle apparisse. Sparkle la riportó a casa, e con grande sorpresa, Giulia si ritrovó in camera, con il suo piccolo peluche.

La mamma di Giulia chiamó: "Giulia, la cena é pronta. Lavati le mani e vieni a tavola."

Giulia si lavó le mani e corse giú a tavola. Mentre mangiavano, Giulia chiese ai suoi genitori: "Cosa sapete dei Beduini...?"

THE END

FINE

Michelle Longega Wilson

Hi,

My name is Michelle Longega Wilson and I'm a middle sister. I am 8 years old. I am half Italian and half American. I can speak French, Italian, and English. I like to speak languages because it gives me a chance to understand and talk to more people. Of course, I can also read more books – I love to read! That's why I write books.

"The Adventures of Giulia" is a fantasy series that tells about a simple girl whose wishes come true. Giulia is very adventurous and never afraid. Her adventures bring you around the world discovering new places and new things.

If you want to know more about me, please follow my blog at **www.michellelongegawilson.com**

By the way, all the great illustrations of the book are made by **Leira Cenizal**.

Leira has illustrated numerous best-selling children's books on Amazon. She is infatuated with rhymes and has loved to draw ever since she was a kid. At some point, she decided to blend two of her favorite pastimes through creating children's books. See more at **www.icenizal.blogspot.com**

Michelle Longega Wilson

Ciao,

Mi chiamo Michelle Longega Wilson e sono la seconda di tre sorelle. Ho 8 anni, e sono Italo-Americana. Parlo Italiano, Francese, e Inglese. Mi piace parlare piú lingue, perché cosí posso capire e parlare con piú persone. E chiaramente, posso leggere piú libri, adoro leggere! Ecco perché scrivo libri.

"Le Avventure di Giulia" é una serie fantasiosa che parla di una bambina semplice, ma con sogni che si avverano. Giulia é avventurosa, e non ha mai paura di nulla. Le sue avventure la portano in giro per il mondo a scoprire nuovi posti e nuove cose.

Se volete scoprire piu cose su di me, seguite il mio blog: **www.michellelongegawilson.com**

Tutte le belle illustrazioni del libro sono disegnate da **Leira Cenizal**.

Leira ha illustrato molti libri per bambini, bestseller su Amazon. Sin da quando era una bambina, amava la poesia ed il disegno. Un giorno ha deciso di unire le due cose e creare libri per bambini.
www.icenizal.blogspot.com

Collect Giulia's Treasures

There are lots of treasures available to collect & enjoy.

Notepads, Lockets, Bookmarks, and more Books coming soon!

Please visit

www.michellelongegawilson.com/my-books/